CONOCE LAS CIENCIAS FÍSICAS

LA FUERZA Y EL MOVIMIENTO

KATHLEEN CONNORS

TRADUCIDO POR ALBERTO JIMÉNEZ

Gareth Stevens PUBLISHING

ENCONTEXTO

Please visit our website, www.garethstevens.com. For a free color catalog of all our high-quality books, call toll free 1-800-542-2595 or fax 1-877-542-2596.

Cataloging-in-Publication Data

Title: La fuerza y el movimiento / Kathleen Connors.
Description: New York : Gareth Stevens Publishing, 2019. | Series: Conoce las ciencias físicas | Includes index.
Identifiers: LCCN ISBN 9781538227701 (pbk.) | ISBN 9781538227695 (library bound) | ISBN 9781538227718 (6 pack)
Subjects: LCSH: Motion--Juvenile literature. | Force and energy--Juvenile literature.
Classification: LCC QC127.4 C66 2019 | DDC 531'.6--dc23

First Edition

Published in 2019 by
Gareth Stevens Publishing
111 East 14th Street, Suite 349
New York, NY 10003

Translator: Alberto Jiménez
Editorial Director, Spanish: Nathalie Beullens-Maoui
Designer: Samantha DeMartin
Editor, Spanish: María Cristina Brusca

Photo credits: Series art Creative Mood/Shutterstock.com; cover, p. 1 Jamie Wilson/Shutterstock.com; p. 5 (golf ball) Mikael Damkier/Shutterstock.com; p. 5 (scooters) Dmytro Zinkevych/Shutterstock.com; p. 5 (apple) Helioscribe/Shutterstock.com; p. 7 sirtravelalot/Shutterstock.com; p. 9 Vadim Sadovski/Shutterstock.com; p. 11 Monika Wisniewska/Shutterstock.com; p. 13 (inset) Cipariss/Shutterstock.com; p. 13 (main) Scimat Scimat/Science Source/Getty Images; p. 15 Ollyy/Shutterstock.com; p. 17 Everett Historical/Shutterstock.com; p. 19 Nazeri Mamat/Shutterstock.com; pp. 21, 23 Jim Lambert/Shutterstock.com; p. 25 De Repente/Shutterstock.com; p. 27 tammykayphoto/Shutterstock.com; p. 29 Mamontova Yulia/Shutterstock.com; p. 30 (rocks) Anatoli Styf/Shutterstock.com; p. 30 (baseball) Kris Petkong/Shutterstock.com; p. 30 (lawn mower) JNP/Shutterstock.com.

Printed in the United States of America

CPSIA compliance information: Batch #CS18GS: For further information contact Gareth Stevens, New York, New York at 1-800-542-2595.

CONTENIDO

Las palabras del glosario se muestran en **negrita** la primera vez que aparecen en el texto.

EMPUJAR Y JALAR

Cada vez que algo se mueve es gracias a fuerzas. Las fuerzas son las que empujan y jalan un objeto. A veces estas fuerzas son equilibradas, o iguales, y el objeto no se mueve. También hay fuerzas no equilibradas (desequilibradas): entonces ¡las ruedas giran y los *scooters* avanzan!

SI QUIERES SABER MÁS

"Movimiento", en ciencia, significa "cambio de posición de un objeto".

FUERZAS DE CAMPO

Hay muchas fuerzas diferentes a nuestro alrededor todo el tiempo. Las fuerzas de campo son uno de los grupos principales. Estas fuerzas no tocan el objeto, sino que actúan a distancia. Entre las fuerzas de campo están las magnéticas, las eléctricas y las **gravitacionales**.

SI QUIERES SABER MÁS

El tamaño de la fuerza está **determinado** por la masa de un objeto y cuán cercano el objeto se encuentre a la fuerza.

La gravedad es la fuerza que atrae los objetos hacia el centro de la Tierra. Sin embargo, hay una pequeña atracción gravitacional que acerca los objetos entre sí. Cuando un objeto tiene una **masa** grande, esta atracción puede ser muy fuerte.

SI QUIERES SABER MÁS

Las fuerzas eléctricas y magnéticas pueden **atraerse** o **repelerse** entre sí. Las fuerzas gravitacionales solo se atraen.

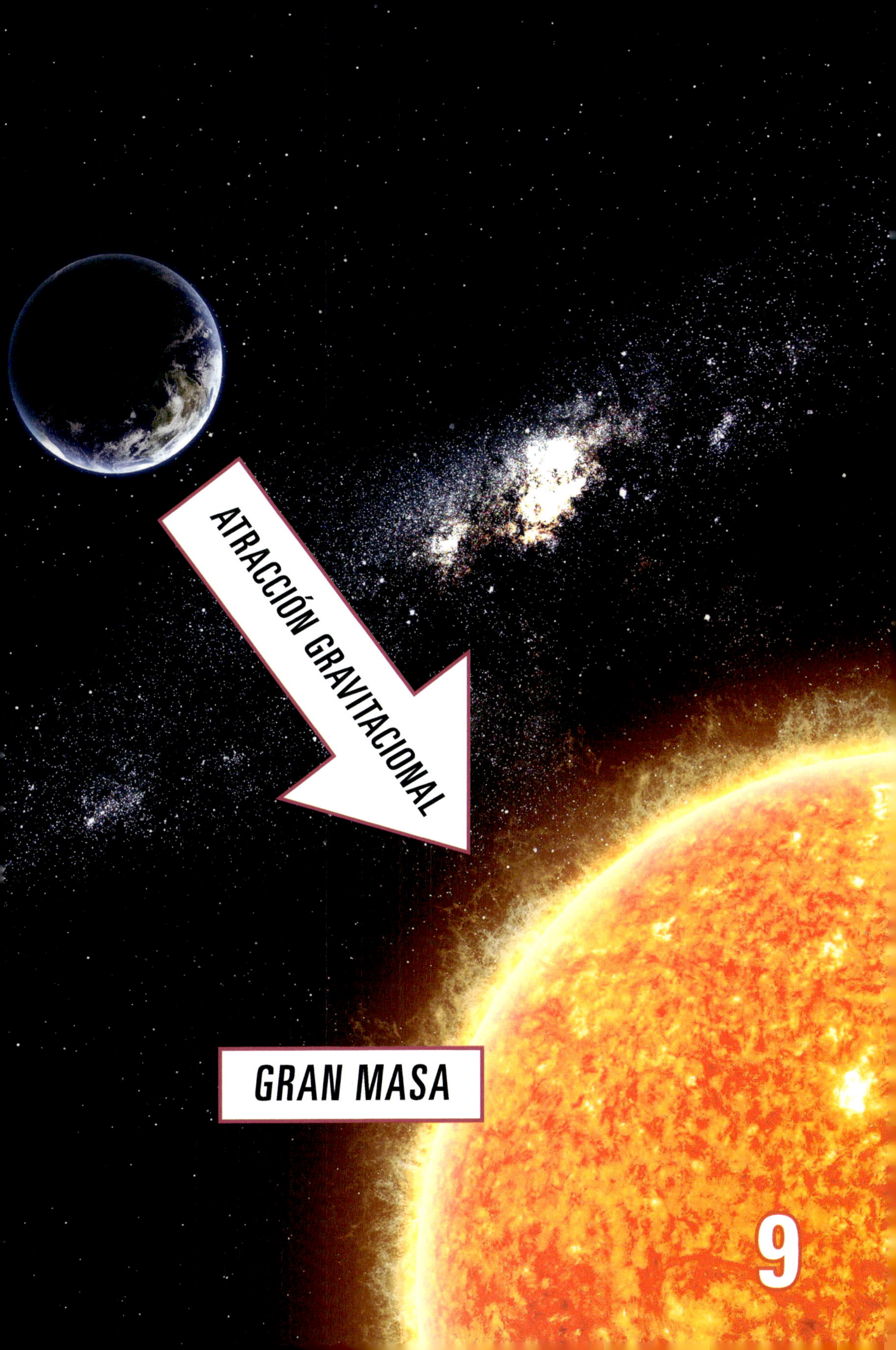
ATRACCIÓN GRAVITACIONAL
GRAN MASA

FUERZAS DE CONTACTO

Las fuerzas de contacto son otro grupo de fuerzas: ocurren cuando dos objetos se tocan. La fricción es una fuerza que detiene el movimiento. Los pequeños picos y resaltes en la superficie de un objeto atrapan los picos y resaltes de otro, y detienen ambos objetos.

SI QUIERES SABER MÁS

Cuanto más pesado sea un objeto, más fricción habrá entre él y otros objetos.

Los objetos con superficies **ásperas** tendrán más fricción. ¡Pero la fricción se produce incluso entre objetos cuyas superficies son lisas en apariencia! Esto se debe a que, si se mira de cerca, ninguna superficie es lisa del todo.

SI QUIERES SABER MÁS

Cuando las superficies se frotan, la fricción entre ellas causa calor. ¡La fricción hace que las **moléculas** de las superficies se aceleren y tengan más energía!

AUMENTO DE UNA TOALLA DE PAPEL

La fuerza aplicada es un tipo de fuerza de contacto, como cualquier fuerza que se **ejerce** sobre un objeto. La patada a un balón es una fuerza aplicada, así como lo es el viento que sopla a través de una ventana y termina por romper un vidrio.

SI QUIERES SABER MÁS

¡Sobre los objetos actúa más de una fuerza todo el tiempo!

1

¡ES LA LEY!

Cuando el movimiento de un objeto cambia, este cambio se debe a las fuerzas que actúan sobre él. Las fuerzas pueden hacer que un objeto se mueva o se detenga. Hay leyes sobre la fuerza y el movimiento que siempre se cumplen.

SI QUIERES SABER MÁS

Isaac Newton, el científico que se hizo famoso estudiando la gravedad, descubrió las leyes del movimiento que, en su honor, llevan su nombre.

ISAAC NEWTON

LA PRIMERA LEY

La primera ley de Newton suele llamarse la *ley de la inercia*. La inercia es la **propiedad** que hace que la materia **resista** los cambios del movimiento. Esta ley afirma que un objeto en reposo permanecerá así a menos que una fuerza actúe sobre él.

SI QUIERES SABER MÁS

La ley también dice que un objeto que se mueve continuará haciéndolo a menos que alguna fuerza actúe sobre él.

FUERZAS NO EQUILIBRADAS

La primera ley del movimiento de Newton tiene que ver con los objetos sobre los que actúan fuerzas equilibradas: estas fuerzas son iguales entre sí. La segunda ley de Newton explica lo que les pasa a objetos sobre los que actúan fuerzas no equilibradas, o desequilibradas.

SI QUIERES SABER MÁS

Una fuerza no equilibrada es una fuerza desigual a otras fuerzas que actúan sobre un objeto.

FUERZAS EQUILIBRADAS

LA SEGUNDA LEY

La segunda ley establece que las fuerzas no equilibradas causan un cambio de movimiento o aceleración. La aceleración es un cambio en la velocidad, dirección —o en ambas— de un objeto. La cantidad de aceleración de un objeto depende de la fuerza neta del objeto y de su masa.

SI QUIERES SABER MÁS

La fuerza neta es el total de todas las fuerzas que actúan sobre un objeto.

LA TERCERA LEY

La tercera ley del movimiento de Newton atañe a los objetos que **interactúan** entre sí. Los objetos ejercen fuerzas unos sobre otros, llamadas de *acción y reacción*. Cuando un objeto ejerce fuerza sobre otro, el segundo ejerce sobre el primero una fuerza igual pero en sentido contrario.

SI QUIERES SABER MÁS

Un ejemplo de la tercera ley de Newton: cuando alguien se sienta en una silla ejerce una fuerza sobre ella que la silla devuelve hacia arriba. ¡Esto permite seguir sentado en ella!

MEDIR LA FUERZA

La unidad utilizada para medir la fuerza se denomina newton (N), en honor a Isaac Newton. Los newtons miden la magnitud y la dirección de una fuerza: por ejemplo, qué tan fuerte lanza la pelota un jugador y hacia dónde lo hace.

SI QUIERES SABER MÁS

¡La fuerza de una manzana en tu mano es igual a 1 newton!

¡SIN PARAR!

Cuando un objeto se mueve, ¡es difícil de parar! Esta propiedad se llama *momento*. Cuanta más masa o velocidad tenga un objeto, más momento tiene. ¡Cuanto más impulso tenga un objeto, más difícil es detenerlo porque su momento es mayor!

SI QUIERES SABER MÁS

"Marco de referencia" se utiliza para averiguar si algo más se está moviendo respecto a una persona que se toma como punto de referencia.

LO BÁSICO DE LAS LEYES DE NEWTON

PRIMERA

Los objetos resisten un cambio en su movimiento.

SEGUNDA

Las fuerzas no equilibradas hacen que los objetos se aceleren.

TERCERA

Dos objetos ejercen igual fuerza, pero en direcciones opuestas.

GLOSARIO

áspero: ni liso ni blando.

atraer: acercar.

determinar: ser causa de que algo ocurra.

ejercer: causar o tener un efecto.

gravitacional: relacionado con la gravedad, la fuerza que atrae los objetos hacia el centro de la Tierra o entre sí.

interactuar: obrar uno con relación a otro.

masa: cantidad de materia de un objeto.

molécula: pieza muy pequeña de materia.

propiedad: cualidad o característica de algo.

repeler: alejar la fuerza.

resistir: detener o luchar contra algo.

PARA MÁS INFORMACIÓN

LIBROS

Ives, Rob. *Fun Experiments with Forces and Motion: Hovercrafts, Rockets, and More*. Minneapolis, MN: Hungry Tomato, 2018.

Kenney, Karen Latchana. *Forces and Motion Investigations*. Minneapolis, MN: Lerner Publications, 2018.

SITIOS DE INTERNET

Force and Motion: The Show
idahoptv.org/sciencetrek/topics/force_and_motion/index.cfm
Más información sobre la fuerza y el movimiento.

Fuerza y movimiento
studyjams.scholastic.com/studyjams/jams/science/forces-and-motion/force-and-motion.htm
Un breve e interesante vídeo sobre ¡la fuerza!

ÍNDICE